Thinking 024

候鳥 MIGRANT
季節性移工家庭的故事

作者｜梅芯‧托提耶 Maxine Trottier
繪者｜伊莎貝爾‧阿瑟諾 Isabelle Arsenault
譯者｜幸佳慧

字畝文化創意有限公司
社長｜馮季眉
責任編輯｜洪絹
編輯｜戴鈺娟、陳心方、巫佳蓮
美術設計｜蕭雅慧

讀書共和國出版集團
社長｜郭重興　　發行人兼出版總監｜曾大福　　業務平臺總經理｜李雪麗
業務平臺副總經理｜李復民　　實體通路協理｜林詩富
網路暨海外通路協理｜張鑫峰　　特販通路協理｜陳綺瑩
印務協理｜江域平　　印務主任｜李孟儒

發　行｜遠足文化事業股份有限公司
地　址｜231 新北市新店區民權路 108-2 號 9 樓
電　話｜(02)2218-1417　　傳　真｜(02)8667-1065
電子信箱｜service@bookrep.com.tw
網　址｜www.bookrep.com.tw
法律顧問｜華洋法律事務所　蘇文生律師
印　製｜中原造像股份有限公司
出版日期｜2018 年 5 月 30 日　初版一刷　2022 年 3 月　初版八刷
定　價｜350 元　書　號｜XBTH0024
ISBN｜978-986-96398-3-5（精裝）

獻給
唐娜‧羅根 MT
給 我的妹妹——伊蓮娜 IA

特別感謝
朵林‧海倫‧卡拉森博士的洞悉
MT

候 鳥

季 節 性 移 工 家 庭 的 故 事

MIGRANT

梅芯・托提耶 │ 文
Maxine Trottier

伊莎貝爾・阿瑟諾 │ 圖
Isabelle Arsenault

幸佳慧 │ 譯

有時候，安娜覺得自己像隻小鳥。
因為只有小鳥會追逐太陽，在春天時隨著暖空氣
往北飛、秋天時往南飛。

安娜一家人就像一群不斷啟程又返回的雁子。

安娜忍不住想像，要是能一直待在同一個地方、
有自己的床、騎自己的腳踏車，那會是什麼樣的感覺呢？

那種感覺一定很不一樣吧！

有時候，她也覺得自己像隻兔子。
不是那種有蓬蓬尾巴的白色小兔子，而是長耳大野兔。
爸爸跟她說過，長耳大野兔專門找被其他動物遺棄的洞穴，
當做自己的家。

雖然媽媽花了很多心思，
將空蕩蕩的農舍整理得像家的樣子，
但是屋子裡到處都還有去年工人留下的蹤影。
安娜覺得，自己就像爸爸說的
長耳大野兔。

大白天時，安娜會變成小蜜蜂。
但不是那種一直忙東忙西的工蜂。

安娜還太小，不能負責什麼工作。
她只能趁沒人注意時摘些番茄，都是小小顆的而已。

爸爸和媽媽頂著大太陽，不停彎著腰忙碌，
哥哥和姊姊不斷低頭又抬頭忙著採收蔬菜，
他們全都是辛苦的工蜂。

到了晚上，安娜就像隻小貓，
和姊姊們睡在同一張床上。
夜晚變涼了，姊妹全擠在一張毯子下。
安娜覺得當小貓很不錯，
跟姊姊們相依偎，讓她感到很安全。

睡在隔壁的哥哥們比較像一窩小狗，
他們常常為了搶一床不夠大家蓋的被子
動手動腳、鬼吼鬼叫。

當安娜一家人到廉價商店買東西時，
她會覺得不好意思，
因為別人常常盯著他們看。

安娜的小耳朵會仔細傾聽所有人說的話，
例如收銀台旁那位有著一頭粉紅頭髮的女人，
還有正在擺罐頭、身上有一堆刺青的男人。
但是她只聽得懂一些字，像是錢、豆子、肉丸子。

有些人講的話跟她一樣。親切的當地人說話帶有捲舌音，
聽起來像糖一樣悅耳。還有些人會聚在一起聊天，
有些話聽起來像麻麻的辣椒，有些話像又黏又稠的黑糖蜜。

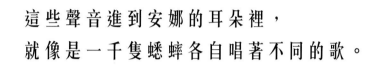

這些聲音進到安娜的耳朵裡，
就像是一千隻蟋蟀各自唱著不同的歌。

如果可以像一棵樹，把樹根伸進深深的地底下，
感受四季如微風吹拂樹梢，在你身邊輪流報到，
那會是什麼樣的感覺呢？

秋天來時，葉子會飄落，會被風吹走，但你會留在原地。
　　看著橘黑相間的蝴蝶，搖搖晃晃的起飛。
　　感覺白晝逐漸變短，
　　眺望天，
然後看著成列的野雁再度向南飛。

接著，你會裹著皚皚白雪沉沉睡去。
直到春天來臨，歸來的野雁在高空的鳴叫再度將你喚醒。

那感覺一定很不一樣吧！

但是，此時此刻，秋天已經到來，野雁正往南飛。

安娜只能想像自己是一隻帝王斑蝶、一隻知更鳥或一片羽毛，又將跟著野雁隨風而去。

作者的話

　　加拿大和美國，都是由珍惜自由和機會的人們所建立的現代國家，這也說明了為什麼儘管會遭遇重重挑戰，仍有那麼多人為了尋找新的開始來到北美洲。這些人必須學習新的語言，改變舊的生活習慣。然而，勇於追尋並不保證就會成功，他們往往要經過一段很長的時間，才能被新環境接納。直到今日，仍有些人願意犧牲原有的生活，搬到新地方，來獲得不論是新訪客或當地市民都能擁有的同等尊重。

　　其中，有些訪客是季節性工人，或稱為「移工」。他們前往加拿大、美國工作，並不會帶著家人一起，而是在完成工作後回到家鄉。不過，墨西哥的門諾教徒是一群特別的移工，他們在 1920 年代從加拿大移居至墨西哥，但仍保留加拿大公民身分。這群人為了耕種並尋求他們要的宗教自由，而離開現代化的自由國度。但他們要在墨西哥謀生並不容易。同時，加拿大農場的經營者經常需要更多勞力，所以即使像安娜那樣年幼的小孩，也會隨同家人離開墨西哥，往北遷移，尋找工作機會。至今仍有些像這樣的孩子，他們與其